A Monsieur le Commandeur

DA GAMA MACHADO.

A PROPOS D'UNE FLEUR FANÉE.

PAR ***

PARIS,

IMPRIMERIE DE GAB. JOUSSET,

RUE DE FURSTEMBERG, 8.

1846.

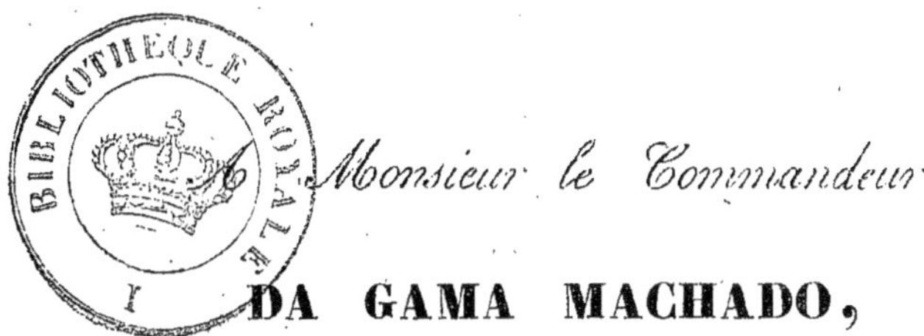

Monsieur le Commandeur

DA GAMA MACHADO,

CONSEILLER DE LA LÉGATION DE S. M. TRÈS-FIDÈLE PRÈS S. M.

TRÈS-CHRÉTIENNE, MEMBRE DE L'ACADÉMIE DES SCIENCES DE LISBONNE,

AUTEUR DE LA *THEORIE DES RESSEMBLANCES*, etc., etc.

Hommage du plus dévoué Disciple
Au plus Auguste Maître,

* * *

Paris, 26 Mai 1846.

1846

BIBLIOTHEQUE ROYALE

A PROPOS D'UNE FLEUR FANÉE.

Jonquille. — Nos germes sont pareils. Linnée a dévoilé nos amours, Ovide a célébré les vôtres. Éclairées sur les propriétés spécifiques de notre semence, nous n'établissons aucun *libre arbitre;* ainsi, je ne fais nul reproche à la rose de ce que sa graine produit une rose; à son tour, elle ne me reproche point d'être jonquille : moins instruits sur l'origine de votre organisation, vous avez créé un *libre arbitre,* et par cette erreur, la paix a disparu pour toujours de votre intérieur!!! Par une culture physique, nous obtenons la santé et la beauté : votre culture morale vous offre-t-elle les mêmes avantages? Notre matière et la vôtre sont semblables, cristallisées. Prenez votre microscope, examinez.

(Da Gama Machado, Théorie des Ressemblances, similitudes d'origine, vol. II).

« Hélas! pâle et fanée,
» Bientôt je vais mourir......
» Ce matin j'étais née
» De fraîcheur couronnée;
» Ce soir me vient flétrir.

» Oh! pourquoi donc la vie
» Dure-t-elle si peu ?
» Quand le bonheur convie
» L'existence ravie,
» Pourquoi lui dire adieu? »

Sur sa tige couchée,
C'est ainsi qu'un beau soir,
Une rose penchée,
La feuille desséchée,
Disait son désespoir.

Il me semblait entendre,
Triste et la contemplant,
Sa voix plaintive et tendre ;
Il me semblait comprendre
Cette fleur s'effeuillant.

Et moi qui l'avais vue
S'entr'ouvrir le matin
Pompeusement vêtue,
La retrouvant si nue,
J'éprouvais son chagrin.

Existence éphémère !
Se montrer et passer.
Vivre un moment pour plaire,
Puis rentrer dans la terre.....
Que c'est triste à penser !

Et pourtant, pauvre rose,
Sans regrets disparais ;
La vie est peu de chose :
Une métamorphose
Sans suite, sans progrès.

On paraît, on s'efface,
Et le néant sait bien
Qu'il gouverne l'espace.
Comme toi l'homme passe,
Sans qu'il en reste rien.

Rien qu'un peu de poussière
Qui s'agite en tous sens
Comme une fourmillière,
Et qui, divisée, erre
Dans tous les élémens.

Pour l'homme, esprit superbe,
C'est bien peu que cela.
Mais la plus belle gerbe
Est faite de brins d'herbe ;
Matière, tout est là.

Matière dispersée
En milliers de façons,
Tantôt claire ou foncée,
Produisant la pensée
Suivant ses divers tons.

Car pensée et matière
Ne feront toujours qu'un.
Tout pense à sa manière.
L'homme, un grain de poussière
Ont leur penser chacun.

Jamais l'intelligence
N'exista sans lien.
C'est une dépendance
Propre à chaque substance :
Sans matière il n'est rien.

De même en la matière
On retrouve partout
Une idée ouvrière,
Propre et particulière :
La pensée est dans tout.

Fleur, croirais-tu ta vie
Inscrite quelque part?
Au destin asservie,
De point en point suivie?
Va, ne crois qu'au hasard.

Au hasard qui limite
Le libre arbitre étroit
Dans lequel on s'agite,
Et qui fait que *mérite*
N'est pas ce que l'on croit.

Le hasard est le père
De la fatalité.
C'est par lui que prospère,
Que demeure ou s'altère
Le principe arrêté.

Calme-toi, tu succombes
Pour renaître bientôt.
On fait des catacombes !
Mais il n'est point de tombes
Qui gardent leur dépôt.

Tout se fond, tout se vide.
Il reste de la chair
La matière solide,
Et la partie humide
S'évapore dans l'air.

Tes feuilles étaient pierre,
Animal, pluie et bois,
Et sans forme première,
Car la même matière
A vécu tant de fois,

Tout renait de sa cendre,
Et fleurs et nations.
A quoi veut-on prétendre?
Il ne faut que s'attendre
Aux transformations.

Le germe seul demeure,
Se transmettant toujours.
Empêchant qu'il ne meure,
Sa force intérieure
Malgré tout suit son cours.

Laissons-là l'origine,
On ne peut l'expliquer.
Est-ce action divine?
Est-ce action machine?
Rien ne peut l'indiquer.

Chaos, profond mystère,
Toujours plus incertain,
Que l'on devrait bien taire
Ces deux mots qu'on profère :
Commencement et *fin!*

Inventeur du barême,
Homme, il te faut, honteux,
Si certain de toi-même,
Toi qui n'es qu'un problème,
T'incliner devant eux!!

. . . .

. . . .

. . . . *

Prends la vie au passage,
Telle qu'elle est prends-là ;
Lis-en plus d'une page ;
Mais si tu te dis sage,
Ne va pas au delà.

Au delà, c'est le vide,
Le doute et le néant.
Dans cet espace avide
Tout s'égare sans guide,
L'atôme et le géant.

* Cinq vers supprimés à l'impression.

. . . .
. . . .
. . . . *

Changeant d'avis sans cesse.....
Mais cela devrait bien
Te prouver ta faiblesse,
Fou, prêchant la sagesse,
Savant, qui ne sait rien ! ! !

Mais pardon, pauvre rose,
Des déclamations
Que, pensif, je t'impose,
A toi, candide cause
De ces réflexions,

Ma pauvre fleur fanée,
Je t'oublie en chemin,
Tandis que chagrinée,
Tu perds, cette journée,
Ta fraîcheur, ton carmin.

Tes feuilles, pièce à pièce,
Dans le gouffre béant
Retombent de vieillesse ;
Le vent qui te caresse
Les reporte au néant.

* Vingt-cinq vers supprimés à l'impression.

Nul ne se peut soustraire
A la terrible loi.
Il faut, douleur amère,
Se courber et se taire !
Tout est fini pour toi.

Quitte donc l'existence.
Adieu, ma rose, adieu ;
Mais non sans espérance ;
Tu ne fais qu'une absence :
Elle durera peu.

Sous des formes nouvelles
Tu nous reparaîtras,
Mais peut-être moins belles,
Moins touchantes que celles
De ce matin, hélas !

Rose, combien j'envie
Ta vie, instant d'amour !
Celle qui t'est ravie.
Oh ! voyons cette vie
Qui n'a duré qu'un jour.

Voyons-la toute entière ;
Repassons-la, partant
De ton heure première
Jusques à la dernière,
Sans en perdre un instant !

Le matin, quand l'aurore
Arrose de ses pleurs
Tout ce qui vient d'éclore,
Qu'un parfum s'évapore
Des herbes et des fleurs ;

Qu'une légère brise
Balance chaque nid,
Et qu'une vapeur grise
S'élève et se divise,
Alors elle naquit.

Le bouton vert et rose
Entr'ouvrit sa prison ;
Bientôt parut la rose
Froissée et demi-close
Au travers du gazon.

Ainsi plein de délire,
D'amour et de bonheur,
Sur des traits qu'on admire,
Paraît un doux sourire,
Un sourire enchanteur.

Sa tige était pressée
De riches vêtemens,
Sa corolle arrosée,
De gouttes de rosée
Comme de diamans.

Et les fleurs, ses voisines,
Envieuses d'amours,
Voyaient, toutes chagrines,
Ses feuilles purpurines
Plus douces qu'un velours.

L'hymne pleine de joie
De mille oiseaux joyeux,
S'élève et se déploie
Sous ce rideau de soie
Que nous nommons les cieux.

Une brillante aurore
Présageant un jour pur,
Luit comme un météore,
Et les flots qu'elle dore
Dorent les flots d'azur.

Là s'ouvrait son calice
Odorant et vermeil,
Lorsque, plein de délice,
Sur elle vient et glisse
Un rayon du soleil.

Ce rayon fantastique
L'entourant de tiédeur,
Par un effet mystique,
Lui donna, magnétique,
Un peu de sa chaleur.

Bientôt cette rosée
Qui brillait au dehors,
Se fut vaporisée ;
L'enveloppe brisée
S'épanouit alors.

Seule, une perle humide
Demeura dans son sein,
Blanche, rose, limpide ;
Parure plus splendide
Que le plus riche écrin.

Trop prodigues jumelles,
Ses feuilles en s'ouvrant,
Répandaient autour d'elles,
En vapeurs infidèles,
Un parfum enivrant.

Puis dans l'adolescente,
Bientôt l'astre du jour,
Par sa chaleur croissante,
Et subtile et puissante,
Développa l'amour.

L'amour, moteur magique,
Qui nous dirige tous !
Sentiment sympathique
Sans règle ni logique !
Tyran cruel et doux !

L'amour, grain de folie
Que chacun porte en soi,
Sans jamais qu'il l'oublie !
Dieu devant qui tout plie :
Honneur, usage, loi !

Aimant indestructible !
Penchant puissant et fort,
Par qui tout est possible !
Lien imperceptible
Que ne rompt pas la mort !

Car c'est dans la matière
Que réside l'amour.
Jusque dans la poussière
Que renferme une bière,
L'amour fait son séjour.

Il n'est de laides choses,
Tout pour lui devient beau ;
Partout l'amour se pose :
Dans cette fraîche rose,
Dans le ver du tombeau.

Voyez dans ce calice,
Voyez l'amour germer,
L'étamine qui glisse
Le pistil qui se plisse.....
Tout semble s'animer.

Le pollen sur l'ovaire
Tombe en effusion;
C'est alors que s'opère
Ce sublime mystère,
La fécondation!

Ma rose est-elle heureuse!
Elle a tout en un jour,
Tout ce dont, somptueuse,
La vie est désireuse :
Eclat, parfum, amour.

Aussi quand on raisonne
Ce bonheur émié,
Mais que rien n'empoisonne,
Un trône, une couronne,
C'est à prendre en pitié!

Mais sa durée est brève,
Et le but accompli,
Tout bien vite s'achève,
Pour n'être plus qu'un rêve,
Une mort et l'oubli.

On peut ainsi traduire
Toute création :
Boire, manger, détruire,
Aimer, se reproduire.
Le reste est fiction.

Voyez une par une
Ses feuilles s'envoler,
En emportant chacune
La joie et l'infortune
Qu'un jour a pu mêler.

O destin, loi fatale !
Encore un coup de vent,
C'en est fait, elle exhale
Son unique pétale.....
C'est son dernier moment.

Adieu donc, adieu rose,
Adieu, ma belle fleur !
Adieu ce qui compose
Ta vie à jamais close,
Forme, parfum, couleur !

Chacun sa destinée,
Et pour tous le temps court.
Une seule journée
M'est peut-être donnée,
Puis ce sera mon tour.

Oh! va, rien ne demeure.
Moi qui suis existant,
Il se peut que je meure
Aujourd'hui..... Dans une heure.....
Qui sait même?.... A l'instant!....

* * *

Paris, le 26 Mai 1846.

Paris. Impr. de Gab. Jousset, rue de Furstemberg, 8.